ÉPITRE

A UN CÉLIBATAIRE

PAR

NORBERT BONAFOUS

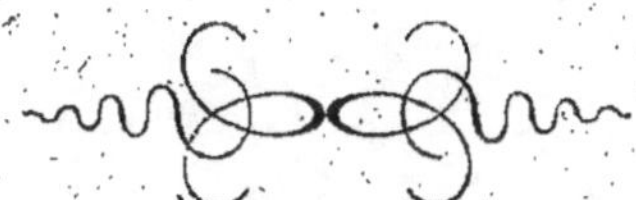

AIX

TYPOGRAPHIE REMONDET-AUBIN, SUR LE COURS, 53.

—

1861

ÉPITRE

A UN CÉLIBATAIRE

PAR

NORBERT BONAFOUS

AIX

TYPOGRAPHIE REMONDET-AUBIN, SUR LE COURS, 53.

—

1861

ÉPITRE

A UN CÉLIBATAIRE

« Qui, moi, me marier ! Mais vous n'y pensez pas !
L'hymen pour un jeune homme est un premier trépas,
Quand le maire d'abord, et puis le saint ministre,
Ont fait tomber sur lui la formule sinistre,
Tout le vol des Amours, avec des cris railleurs,
Déguerpit au plus vite et va nicher ailleurs.
Adieu la liberté, les aimables folies,
Les joyeux compagnons et les filles jolies !
Le garçon et l'époux sont deux êtres divers :
L'un compte par printemps et l'autre par hivers.
Le mariage, en somme, est si triste, si terne,
Qu'il vaudrait mieux cent fois, au fond d'une citerne,
Avant que d'accepter le funèbre licou,
Faire un dernier plongeon avec la corde au cou.
Vendre ma liberté ! Mais il n'est pas de fille,

Unique rejeton d'une illustre famille,
Belle comme le jour, riche comme Crésus,
Eût-elle ses habits de diamants cousus,
De la vaisselle plate à couvrir une table,
Des hôtels, des châteaux, des chevaux à l'étable,
Qui pût d'un tel trésor payer un juste prix.
C'est mon opinion. Je vous vois tout surpris !
Cependant raisonnons : peut-être que vous-même
Sur ces matières-là changerez de système.

Je suis libre aujourd'hui, je dispose de moi ;
Ma volonté dans tout est la suprême loi.
Sans crainte d'offenser un censeur incommode,
Je fais ce que je veux, et je vis à ma mode.
Au café, s'il me plaît, je puis passer la nuit,
Sortir sans me cacher, rentrer avec grand bruit,
Tousser, éternuer, me moucher à mon aise,
Traîner mon grand fauteuil, déplacer une chaise,
Sans entendre une femme, avec un air mutin,
Sur tous mes mouvements mettre un veto hautain.
Au lieu de tout cela, j'irais me faire esclave,
Attacher à mes pieds une pénible entrave,
Et d'un tas de marmots remplir une maison !
Cela ne sera pas. J'ai toute ma raison ;

Je ne ferai jamais une telle sottise.
Vivre libre, voilà mon unique devise. »

Quand il parlait ainsi, Marcel avait trente ans,
Une santé fleurie et des écus comptants.
Vivant au jour le jour, de rien ne prenant cure,
Il suivait mollement les dogmes d'Epicure,
Fermant les yeux de l'âme, afin de ne point voir
Se dresser devant lui le spectre du devoir.
Il avait des travers, il n'avait point de vice.
Pour lui, la moindre gêne était un vrai supplice.
Les égards imposés par la société
Lui semblaient un complot contre sa liberté.
« Sans doute, disait-il, on peut, dans le vieil âge,
Aspirer au bonheur d'un paisible ménage.
Mais, cloîtrer sa jeunesse à l'âge de trente ans,
N'est-ce pas de la vie enlever le printemps,
Substituer aux fleurs le cilice et la cendre,
Et dans la tombe noire avant l'heure descendre ? »

Tels étaient ses discours. Sa mordante gaîté
De ces pauvres maris faisait chair à pâté.
« Voyez, ajoutait-il, le meilleur mariage
Est un fleuve réduit au plus bas étiage,

Où la barque, malgré les plus nobles efforts,
Sombre sur les écueils qui couvrent les deux bords.
L'époux le plus heureux, qu'est-il ? Un pauvre hère,
Attristant les passants par sa tenue austère,
Aux plus petits plaisirs touchant avec respect,
De peur qu'un seul regard ne le rende suspect ;
Fier d'un passe-partout que parfois on lui donne,
Mais rentrant au logis quand Madame l'ordonne.
Contraint de filer doux dans les moindres débats,
C'est un prince qui règne et ne gouverne pas ;
Une caisse d'argent à payer toujours prête :
En un mot, c'est un bras dont la femme est la tête.
Vous avez beau tirer le meilleur numéro,
Votre femme est le chiffre, et vous êtes zéro. »

Pendant qu'il soutenait cette plaisante thèse,
Ses folâtres amis ne se tenaient pas d'aise.
Le rire est la santé du pauvre cœur humain ;
Rions donc aujourd'hui, sauf à pleurer demain.
Pour moi, qui sur l'hymen navigue à pleine voile,
Qui me suis marié sous une heureuse étoile,
A ces vains arguments, qui revenaient toujours,
J'opposais mon exemple et de sages discours.
Et puis, je défendais l'ordre de la nature,

Les lois que Dieu prescrit à toute créature,
Lois qui, dans tous les temps, tous les lieux, ont été
Les premiers fondements de la société.
Sans le saint mariage il n'est pas de famille.
C'est là, ce n'est que là que toute vertu brille.
Fidèle affection, mutuel dévoûment,
Fusion de deux cœurs en un seul sentiment,
Nœud béni par le Ciel, mystérieuse chaîne,
Qui double le plaisir et divise la peine,
Caresses des enfants, douces émotions,
Berceau du chaste amour, tombeau des passions,
L'hymen est tout cela. Bienheureuses les âmes,
Qui se chauffent à deux à ces divines flammes,
Et qui vers l'infini, dans la lumière et l'or,
Jusqu'au trône de Dieu volent d'un même essor !
Mais, sans le mariage et sa loi protectrice,
Il n'est plus ici-bas ni vertu, ni justice ;
La famille périt, avec elle l'Etat.
Le monde est un champ clos et la vie un combat.
Bientôt dans le cahos d'une sauvage haine
Sombrerait à jamais la pauvre espèce humaine.
On verrait, au détour des sentiers et des bois,
Les bipèdes errer sans police et sans lois,
Et se faisant entre eux une guerre éternelle,
Les armes à la main disputer leur femelle.

Dieu ne l'a pas voulu. Doué de la raison,
L'homme apprit à construire et bâtit la maison ;
La ville vint ensuite, après elle l'Eglise :
Sur ces bases, dès-lors, la cité fut assise.....

— Halte-là, dit Marcel, je connais à ce ton
Un grand admirateur du sublime Platon.
Mais la philosophie est toujours ennuyeuse,
Et j'entends discuter une thèse joyeuse.
Que me font la maison, la ville, la cité,
Et les grands éléments de la société?
Craignez-vous que bientôt le monde disparaisse?
Assez d'autres sans moi continueront l'espèce,
Et le corps des maris est toujours au complet.
Je reste donc garçon, puisque cela me plaît. —

— Eh bien ! lui dis-je alors, laissons la théorie.
D'ailleurs, Horace dit que la plaisanterie,
Amortissant le choc de la discussion,
Mieux que le sérieux, tranche une question.

Vous vous croyez heureux, Marcel, mais la jeunesse
Avec le cours des ans disparaît pièce à pièce.

Déjà tous les matins un peigne industrieux
Sur votre front pelé ramène les cheveux ;
Et de légers sillons sur la peau du visage
Commencent à graver la date de votre âge.
Quelques lustres encore, et, dans son atelier,
Pour maintenir l'honneur de votre ratelier,
Le savant professeur de prothèse dentaire,
Oddo, vous placera quelque os supplémentaire.
Cosmétiques, parfums, savon, poudre de riz,
Teintures pour noircir l'argent des cheveux gris,
Lavande, romarin, essences odorantes
Que Grasse découvrit dans le suc de ses plantes,
Pâte d'amande amère, à l'odeur de noyau,
Donnant de la souplesse et du lustre à la peau ;
Votre prudence alors mettra tout en usage,
Pour réparer des ans l'irréparable outrage.
Inutiles efforts ! La poudre de corail
Ne pourra pas aux dents conserver leur émail ;
Et des tempes au nez, l'affreuse patte d'oie
De tout votre visage a déjà fait sa proie.

Quand l'équinoxe verse au flanc de nos côteaux
L'ordinaire tribut de ses bruyantes eaux,
Le moindre vent du nord qui passe dans la plaine

Fait tomber lentement les feuilles du grand chêne.
Ainsi, quand l'homme arrive au nombre redouté
Où du zéro fatal le cinq est escorté,
Son automne commence, et dès-lors sa figure
Perd successivement les dons de la nature,
Aujourd'hui les cheveux, et demain une dent.
Sous les cils éclaircis l'œil devient moins ardent ;
Le tympan de l'oreille avec peine résonne ;
Le son, loin d'être clair, confusément bourdonne.
Si chaque jour, sans faute, un bon coup de rasoir
Ne rafraîchit la barbe, elle est grise le soir.
Enfin, tous les matins, le vieux célibataire
Voit tomber fleur à fleur sa couronne éphémère.

Oh ! qu'il est malheureux, quand il est arrivé
Au ridicule état d'homme bien conservé,
Et que la jeune fille, en le voyant paraître,
Rit des prétentions de cet ex-petit maître !
Sous le fard le plus frais le masque est toujours vieux ;
Ce que l'on veut cacher ne s'en montre que mieux.
En teignant vos cheveux dans l'eau mélanogène,
Vous pouvez bien les rendre aussi noirs que l'ébène ;
Mais la racine est blanche, et paraît de nouveau,
Comme un duvet d'oison sous l'aile du corbeau.

Un corset, il est vrai, redresse votre buste ;
Mais la machine est vieille et veut qu'on la rajuste.
Par le moindre travail votre bras est lassé ;
Les jambes ne vont plus comme par le passé ;
Vos pieds, bientôt meurtris par les courses lointaines,
Vous forcent à borner le cours de vos fredaines.
Comme le Marseillais qui va de grand matin
Demander à la chasse un modeste butin,
Et qui, n'en pouvant plus supporter les fatigues,
Dans un poste entouré de quelques blanches bigues,
Attend patiemment qu'attiré par l'appeau
Le tourdre voyageur vienne sur le cimeau,
Ainsi le vieux garçon, amoureux émérite,
Que l'âge désormais à la retraite invite,
Ne chasse plus à courre, attendant en un coin
Le gibier de Vénus qu'il ne peut suivre au loin.
Sentinelle oubliée à l'angle d'une rue,
Pendant des jours entiers il fait le pied de grue ;
Et puis, le lendemain, quand il saute du lit,
Il écrit des billets que personne ne lit.
C'est en vain qu'il choisit le plus beau papier rose,
Il ne trouve à placer ni ses vers, ni sa prose.
Le vide tous les jours augmente autour de lui ;
Il mesure le temps par des heures d'ennui ;

Et quand il ne sait plus où donner de la tête,
Il vit dans la débauche et meurt comme une bête.

— Mais, dit alors Marcel, vos sévères leçons
Ne sauraient convenir à tous les vieux garçons.
J'en connais pour ma part dont l'aimable sagesse
Philosophiquement accepte la vieillesse ;
Qui pour le malheureux se montrent bienfaisants,
Polis avec le riche, envers tous complaisants,
Et qui, sans prolonger leur jeunesse factice,
Craignent le ridicule et détestent le vice. —

— J'en conviens ; mais, Marcel, le nombre en est petit.
L'homme qui perd ses dents garde son appétit,
Et le diable toujours ne se fait pas hermite,
Alors que de la vie il atteint la limite.
J'ai vu bien des vieillards, souffreteux, impotents,
Qui, jusqués à la fin, croyaient avoir trente ans :
Anacréons flétris, dont la voix chevrotante
Fredonnait tristement quelque chanson galante,
Et qui, ne pouvant plus savourer les plaisirs,
Consumaient leur faiblesse en infâmes désirs.
Or, je ne connais pas de scène plus étrange

Qu'un immonde barbon se traînant dans la fange,
Jusqu'au jour où la Mort, avec ses doigts glacés,
Le saisit brusquement, en disant : c'est assez.
Et maintenant, voyez cet homme vénérable
Qui sourit et s'asseoit à cette longue table.
Se groupant à l'entour, sa femme, ses enfants,
Et les fils de ceux-ci, roses, blonds, caressants,
Arrivent, et joyeux du baiser qu'il leur donne,
Forment autour de lui la plus belle couronne.
Il est heureux ; ses jours coulent calmes et purs.
Arbre fécond, paré de ses fruits déjà mûrs,
Il peut tomber ; il a sa place dans l'histoire,
Et ses petits neveux conservent sa mémoire.
Eh bien ! comprenez-vous cette sage leçon ?
L'un est le vieux mari, l'autre le vieux garçon.
J'ai lu dans un auteur, dans les silves de Stace,
Un mot qui justement ici peut trouver place.
Le poëte, il est vrai, n'est pas d'un grand crédit ;
Mais laissons ce qu'il est, et voyons ce qu'il dit :
Quand l'homme en sa maison ne voit ni brus ni gendres,
Obscur est le foyer et froides sont les cendres.
Triste, seul, oublié, n'ayant autour de lui
Que de serviles mains et des yeux pleins d'ennui,
Il meurt, et les neveux courent chez le notaire
S'informer de l'avoir du vieux célibataire. —

— Oh ! oh ! reprit Marcel, un orateur chrétien
Dans un pareil sujet ne dirait pas si bien.
Mais comme la matière est un peu délicate,
Je voudrais bien savoir ce qu'en pensait Socrate.
Si l'histoire dit vrai, le maître de Platon
Dans son petit logis avait plus d'un démon :
L'un, génie attentif, pensée intérieure
Qui lui montrait toujours la route la meilleure ;
L'autre, c'était sa femme, un démon qui parfois
Du bonhomme mettait la sagesse aux abois,
Et qui même un beau jour l'inonda d'une chose...
Qui fleuroit bien plus fort, mais non pas mieux que rose.
Et Caton ! Pour matrone il avait un lutin,
Qui lui faisait souvent perdre tout son latin.
Aussi, dit-il un jour : « J'aime bien le tonnerre ;
Car ma femme, cessant de me faire la guerre,
Se jette dans mes bras à chaque roulement,
Et j'ai quelque bonheur, du moins en ce moment. »
Le trait est vif, mais juste. En effet, un ménage
Peut-il vivre un seul jour sans un petit orage ?
Tout y devient l'objet d'une discussion.
Si le mari dit oui, la femme dira non.
Quand Monsieur veut sortir, Madame a la migraine ;
Veut-il rester dedans, Madame se promène.
Ils ne sauraient jamais s'accorder en duo ;

Quand l'un tire à dia, l'autre tire à huau ;
Et, sous l'impulsion d'une force diverse,
Le char roule fort mal, et quelquefois il verse.

Oh ! si le Code un jour, comme au temps des Romains,
Consentait à briser ces liens inhumains,
Et cessant d'employer la contrainte et la force,
Rétablissait en plein le titre du divorce,
Que d'époux on verrait, qui se sont trop hâtés,
Se quitter brusquement après s'être tâtés,
Et, pour aller chercher la paix dans leurs familles,
Avec empressement reprendre leurs coquilles !
Après les doux transports de la lune de miel,
L'âme est pleine d'ennuis, et le cœur plein de fiel.
Quand le lien d'amour se relâche ou se brise,
La femme et le mari devraient avec franchise
Aller le déclarer devant le tribunal,
Qui, par un bon arrêt, ferait cesser le mal. —

— Vous ne le pensez pas, Marcel. Le mariage
N'est donc, à votre avis, qu'un contrat de louage !
Chez un peuple éclairé par le dogme chrétien,
Le plus saint des serments ne compterait pour rien,

Et la loi, qu'établit la divine justice,

Serait à la merci du plus léger caprice !

Et les enfants, Marcel, auquel des deux époux,

Le divorce accompli, les adjugerez-vous ?

Ces produits malheureux d'un hymen provisoire,

Faudra-t-il sans pitié les mener à la foire,

Ou laisser à l'Etat le soin de les nourrir ?

Mais vous n'écoutez plus, il est temps de finir.

Aussi bien, en voulant convertir un sceptique,

J'ai perdu, je le vois, toute ma rhétorique.

Restez donc vieux garçon, gardez la liberté.

Mais on ne peut pas être après avoir été.

Plus tard, lorsque viendra la vieillesse morose,

Pensif, au coin du feu, dans votre chambre close,

Sur le passé jetant un douloureux regard,

Vous changerez d'avis, mais il sera trop tard.

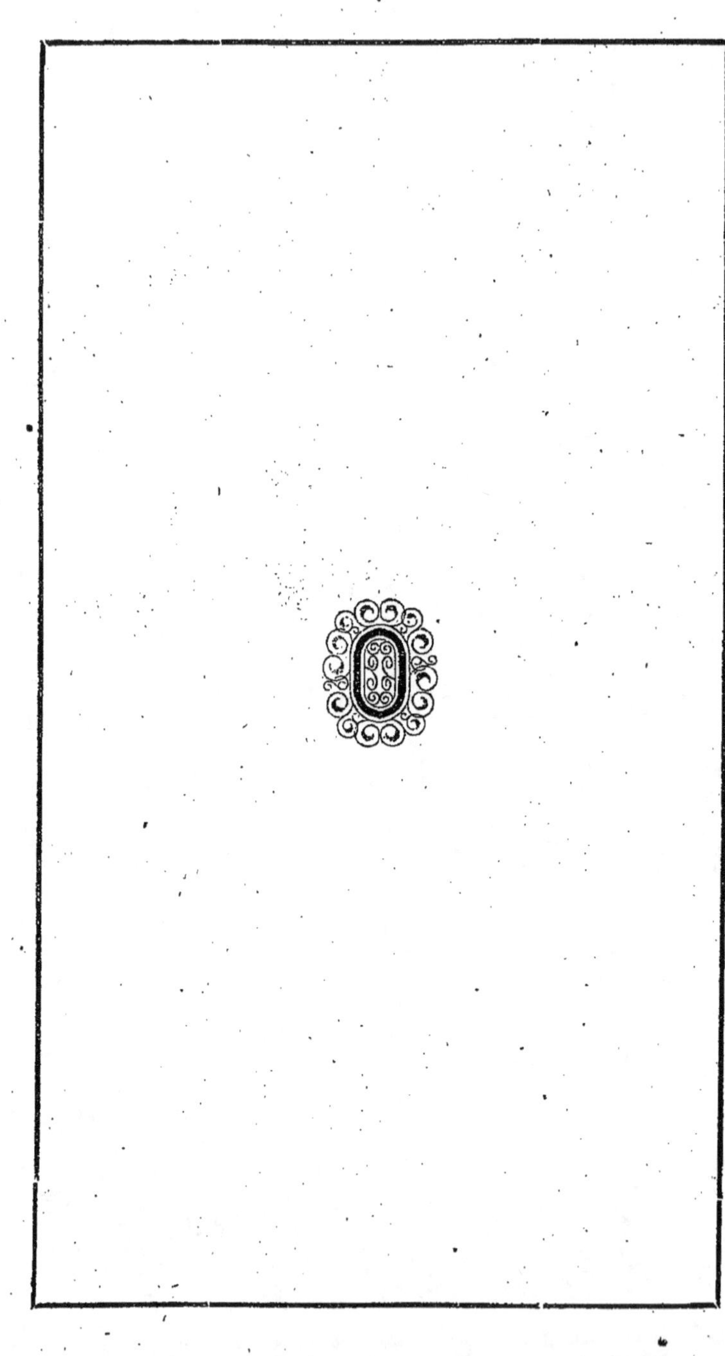